UNE MÈRE !

POÉSIE

Par Charles LÉMOND

PROFESSEUR A L'ÉCOLE FÉNELON DE BAR-LE-DUC

OUVRAGE COURONNÉ

Prix : 40 centimes

BAR-LE-DUC

TYPOGRAPHIE DE L'ŒUVRE DE SAINT-PAUL — L. PHILIPONA

Ancienne Imprimerie des Célestins

1881

UNE MÈRE !

POÉSIE

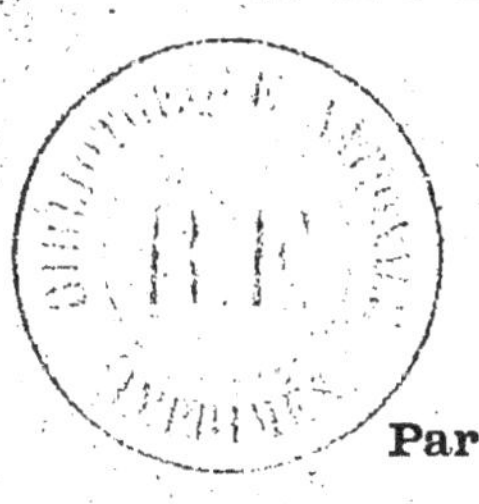

Par Charles LÉMOND

PROFESSEUR A L'ÉCOLE FÉNELON DE BAR-LE-DUC

OUVRAGE COURONNÉ

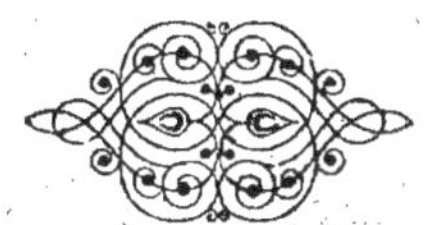

BAR-LE-DUC

TYPOGRAPHIE DE L'ŒUVRE DE SAINT-PAUL — L. PHILIPONA

Ancienne Imprimerie des Célestins

1881

A MADAME LECLERC

Ch. LÉMOND

ODE

QUI A REMPORTÉ LE PREMIER PRIX

AU CONCOURS DE L'ACADÉMIE POÉTIQUE

De France

La joie est sur les fronts, au foyer tout s'apprête :
O fille, quand tu vas suivre ton fiancé,
Que la fleur virginale entoure encor ta tête.
  Adieu sublime à ton passé.
L'Eglise, au nom du Christ, à l'autel te réclame ;
  Ton âme va s'unir à l'âme
  De l'homme qu'élut ton amour.
Ton père t'a bénie, et ta pieuse mère.
Pour éloigner de toi toute douleur amère,
  Dans le secret prie à son tour.

« Oui », seul mot qui te lie au destin d'un seul homme !
Ton cœur a fait à Dieu ce serment solennel ;
C'est tout un sacrifice, il faut qu'il se consomme
  Sous le regard de l'Eternel.
Pour s'élever, le lierre a besoin du grand chêne ;
  Il sent, quand le vent se déchaîne,
  Qu'on le protège avec fierté.
Le bras de ton époux soutiendra ta faiblesse.
Arbuste délicat. Que ta longue jeunesse
  Donne à sa force la beauté.

Et lui, de doux plaisirs sèmera ta carrière ;
Alors comme au bonheur s'ouvrant à son amour
Ton cœur va vivre en paix... Ainsi la fleur première
  S'entr'ouvre aux rayons d'un beau jour.
Que de sa belle ardeur ton âme dévorée
   Aime sous sa noble livrée
   Le joug de son autorité.
Tel, à chaque printemps, dans la verte campagne,
L'oiseau construit un nid que garde sa compagne,
   Même au prix de sa liberté.

Reçois de cette main dont tu te sens éprise
L'anneau d'or qui t'unit à ton époux heureux ;
Mais aussi qu'à ton doigt jamais il ne se brise,
  Ce gage sacré de saints nœuds.
Le pacte est accompli. Que ta couche féconde
   Dès cet instant promette au monde
   De nombreux enfants pour le ciel.
Te souvenant toujours que c'est Dieu qui les donne,
Instruis-les dans sa crainte, accomplis ce qu'ordonne
   Sa loi sainte au cœur maternel.

Sur le riant coteau croît la vigne abondante,
Le printemps voit sa fleur et l'automne son fruit ;
Et le gai vigneron prend la grappe pendante
  Qu'en un vin pur sa main réduit.
Toi, tu n'es qu'au printemps... Entière à l'allégresse,
   Au plaisir, à sa douce ivresse,
   Ton âme ignore la douleur.
Le temps passe rapide ; imite l'hirondelle :
Elle apprête son nid pour couvrir de son aile
   Ses petits manquant de chaleur.

Comme elle, assemble un nid d'une beauté modeste,
File un linge très fin, prépare un lit bien doux.
Je vois se transformer une larme céleste
  En bel enfant sur tes genoux :
C'est un fils... Le voilà, ton amour et ta vie...
  Mère, ta souffrance est suivie
  De joie et de félicité.
Vois, comme il est charmant; son regard est d'un ange,
Il ouvre de grands yeux : tout lui paraît étrange
  Dans ce monde où Dieu l'a jeté.

Quelque rayon d'en haut plane sur son visage;
Ton œil, pour l'admirer, voit fuir trop tôt le jour.
Ecarte de son front le plus léger nuage
  En chantant un hymne d'amour.
Ses lèvres presseront l'abondante mamelle,
  Où sans cesse se renouvelle
  Pour lui le plus pur de ton lait.
Et toi, de son caprice admirable victime,
Au lieu d'en soupirer, tu sais, vertu sublime,
  A souffrir trouver de l'attrait.

Chef-d'œuvre du Très-Haut ! Bonté d'un cœur de mère !
En toi tout est suave, en toi tout est divin !
De ton petit enfant tu bois la coupe amère
  En lui rêvant un beau destin.
En ton cœur au plaisir se mêle la souffrance;
  Il peut gémir, mais l'espérance
  Est le rayon qui le rend fort.
Tu revis en ton fils, ton âme est dans son âme;
Tu sens, s'il pousse un cri, que c'est toi qu'il réclame;
  De son bonheur dépend ton sort.

Et quand le sommeil s'offre à sa paupière tendre,
Tu l'endors sur le sein que sa bouche a pressé.
Tu veilles pour le voir, le nourrir, le défendre :
        Jamais ton cœur ne s'est lassé.
— Il sourira demain, te voyant apparaître :
        Car il sait déjà reconnaître
        Sa mère à son regard joyeux.
Tu le sais, et la nuit trop longtemps se prolonge,
Ton amour croit le voir te sourire en un songe;
        Pourtant il ferme encor les yeux.

L'aigle, quand ses petits vont essayer leurs ailes,
Les suit ou les devance, excite leur élan.
Mais bien souvent, en proie aux craintes maternelles,
        Les prévient contre l'ouragan.
Ton fils marche, il chancelle, un geste le rassure,
        Ta main légère et toujours sûre
        Enhardit son timide essor.
Tes yeux suivent ses pas, ta douce voix l'excite.
Il tombe... Il se relève, un baiser sèche vite
        Les larmes de ce cher trésor.

Qui n'a vu, dans les champs, la gentille alouette,
En montant un lent vol au-dessus de son nid,
Dire à ses oiselets sa belle chansonnette
        Dans les sphères de l'infini?
Comme elle, tout le jour, d'une voix caressante,
        Tu sais à sa lèvre innocente
        Apprendre mieux qu'une chanson :
Car tu peux enseigner ce que l'amour t'inspire :
A répéter : Maman, à t'offrir un sourire,
        Plus tard à bégayer ton nom.

Autour de ton berceau tu conserves la joie,
Enfant, lien chéri, qui resserre deux cœurs,
Quant au front de l'époux le chagrin se déploie,
      La mère a sa part de douleurs :
« Moins lourd est le fardeau, quand à deux on le porte. »
      — Femme chrétienne à l'âme forte,
      Ta voix le rend plus courageux,
En lui montrant son fils qui sourit et l'appelle ;
Du bonheur, aussitôt, la mourante étincelle
      Renaît plus vive... il est heureux !

O doux renoncement ! O suave souffrance !
Merveilleuse union faite pour consoler !
Prison noble où deux cœurs trouvent leur délivrance
      Et voudraient toujours s'immoler !
Les oiseaux, vers leur nid caché sous l'aubépine,
      Volent sans écarter l'épine
      Qui les déchire et le défend.
Une plus noble ardeur électrise vos âmes,
D'un seul feu vous brûlez en unissant deux flammes,
      Vous vous consumez pour l'enfant.

Ton premier rejeton grandit, ô tendre mère,
Mais la saison nouvelle amène un fruit nouveau :
Le ciel dans sa bonté lui donne un petit frère
      Qu'il court embrasser au berceau.
Ton époux a souri... Toi, tu voudrais des filles,
      Blanches fleurs, joyaux des familles :
      C'est le beau rêve de tes nuits.
Quand la bergère aux champs se tresse une couronne,
Elle unit avec art le lis à l'anémone :
      Seul idéal que tu poursuis !

Déjà l'un de tes fils, léger comme la brise,
Auprès de toi folâtre et touche en voltigeant
Ta main qui le caresse. — Avec lui rivalise
    L'autre petit en t'assiégeant.
Si tous deux à la fois demandent un sourire,
    Prévenant ce qu'ils vont te dire,
    Tu les confonds dans un baiser.
Petits oiseaux criards, ils gazouillent et chantent;
Ces chants dont les accords te font rire et t'enchantent,
    Ils savent les improviser.

L'aîné, quand la nuit vient, dit bonsoir au bon Ange;
Tu lui parles de Dieu, du bon petit Jésus;
Il sait déjà qu'au ciel il est une phalange
    De petits anges et d'élus.
Pour son père et pour toi, pour la France et l'Eglise,
    Pour ceux que la haine divise,
    Tu l'apprends tout jeune à prier.
Tu lui montres l'enfant que poursuit la misère,
L'exhortant à donner l'aumône à sa prière,
    Dès qu'il viendra le supplier.

Du ciel qui te regarde attends la récompense;
Lorsque, pour le peupler, tu nourris tes enfants,
Il doit combler tes vœux... Je le vois qui dispense
    Ses dons en tes bras triomphants.
O maternel délire ! une fille t'est née !
    Et le ciel, d'année en année,
    T'apporte de nouveaux bienfaits :
De filles et de fils, ta famille est nombreuse;
Tu n'as plus qu'un désir, un seul : la rendre heureuse...
    Et tes vœux seront satisfaits.

Maintenant qu'entre tous ton amour se partage,
Aussi fort pour chacun et jamais affaibli :
Ni durant le sommeil, ni le jour à l'ouvrage,
    Aucun ne sera dans l'oubli.
Ton œil les suit partout, toujours veille et regarde,
    Et contre tout danger les garde
    Par mille soins laborieux.
Pour tes enfants, pour toi, ton noble époux travaille :
Le soir, quoique bien las, de bonheur il tressaille
    Lorsqu'il voit ses enfants joyeux.

Parfois tu les conduis sur la verte colline,
Ils bondissent de joie, ils y cueillent des fleurs !
Les garçons plus hardis courent à l'aubépine
    Dont les dards leur tirent des pleurs ;
Les filles, en riant, parmi les hautes herbes,
    Moissonnent de petites gerbes
    De violettes, de muguets.
Par d'aimables conseils, tu sais les rendre habiles,
Et leurs doigts enfantins, devenus plus agiles,
    Tressent couronnes et bouquets.

L'étude met un frein à leur jeunesse folle ;
Le vice qui surgit doit être combattu :
Enfants, trêve à vos jeux, vous irez à l'école
    Grandir en science, en vertu !
Ils y vont ! Ton amour les suit, les accompagne ;
    Comme autrefois dans la campagne,
    Tu sais, tu juges ce qu'ils font.
Ta parole en tout temps les exhorte à l'étude ;
Tu rêves l'avenir en ta sollicitude ;
    L'orgueil de mère est sur ton front.

O pauvre mère, un jour l'horizon devint sombre :
Vainement ici-bas, de bonheur envieux,
On le cherche partout, on n'en trouve que l'ombre :
    Je vis des larmes dans tes yeux ;
Sur ton sein un enfant, comme une fleur mourante,
    S'éteignait d'une fièvre ardente,
    Et tes soins n'ont pu le sauver !
Il mourut ! Mort, ô mort, désespoir d'une mère.....
— Pourquoi gémir ? Plus tard, en quittant cette terre,
    N'iras-tu pas le retrouver ?

Très prompte à nous frapper, à s'éloigner plus lente,
La douleur bien longtemps t'abreuva de son fiel :
Et. comme un matelot après une tourmente,
    Ton œil interrogeait le ciel.
Dans ton âme inquiète, au plus léger nuage
    Tu craignais encore un orage.....
    — Ton fils au ciel priait pour toi !
Ta famille grandit ; la paix et l'allégresse
Bannirent du foyer le deuil et la tristesse :
    Heureuse mère avec la foi !

Dans l'amour de tes fils, de tes fraîches colombes,
Tu retrouves un peu de ton bonheur passé :
La gaîté des enfants fait oublier les tombes,
    Près d'eux le cœur est moins glacé.
Ta vie alors devient et plus belle et plus douce
    Dans ton nid fait de tendre mousse,
    Habité de fleurs et d'oiseaux.
Petits oiseaux un jour entreront dans le monde,
Et du bien dans leur cœur la semence féconde
    Germera. fruit de tes travaux.

Tes filles sur leur front où se lit la noblesse
Ont la belle innocence et l'aimable candeur,
Leur âme vertueuse aux lis de la jeunesse
        Joint les roses de la pudeur.
Tu veux, sur leurs devoirs, toi-même les instruire
        En éloignant ce qui peut nuire
        A leur esprit, à leur regard ;
Tu bannis les plaisirs dangereux, éphémères :
Car ton âme a compris que c'est l'œuvre des mères,
        Non des maîtresses de hasard.

Des vierges ici-bas la prière est l'égide,
Tu les conduis au temple où s'abrite la paix ;
La foi, l'amour du ciel garde l'âme candide,
        La grâce embellit tous leurs traits.
Près de toi, chaque jour, se livrant à l'ouvrage,
        Ton exemple les encourage.....
        — Elles seront femmes bientôt.
O mère, tu peux dire : « Elles sont ma parure,
Mes plus riches joyaux. — » Une rose est moins pure,
        Lorsqu'au doux printemps elle éclôt.

Joignant à tes leçons les leçons de leurs maîtres,
Tes fils sont devenus l'orgueil de leur pays,
Qui voit revivre en eux de nos braves ancêtres
        Les courages épanouis.
La Patrie est leur mère. Amour, force, vaillance,
        Tout en eux vibre pour la France,
        Qui les appelle ses enfants,
O famille, on t'oublie, alors qu'il faut combattre.
Leur âme est noble et fière, et rien ne peut l'abattre :
        Ils seront partout triomphants !

Oui, tu sais à tes fils inspirer le courage :
Tout horrible à ton cœur que puisse être la mort,
De leur sang à la France osant faire l'hommage,
    Tu dis : Partez, c'est votre sort.
Plus mère par l'amour et non moins courageuse
    Qu'une femme à Sparte fameuse,
    Tu veux qu'ils tombent en avant.
Noble mère, trop rare en ce siècle où nous sommes.
Le bonheur est à toi qui sus former des hommes
    Et des chrétiens au cœur fervent.

L'oiseau, quittant le nid de sa première enfance,
Par d'éternels adieux ne s'est point exilé.
Il a l'aile du vent ; qu'importe la distance
    S'il se sent vers lui rappelé !
Tes enfants reverront la maison paternelle :
    Car si Dieu ne donne point l'aile
    A l'enfant, il lui donne un cœur.
Oh ! vis heureuse, toi, modèle de la femme ;
Ta vie a resplendi de l'éclat de ton âme,
    Ta gloire est celle du vainqueur.

Mère, qui combattis les combats de la vie,
Prends avec ton époux un repos mérité.
Le passé, comme un rêve, en ton âme ravie
    Fait naître la félicité.
Le matelot joyeux, après la traversée,
    Repasse aussi dans sa pensée
    Les dangers courus sur la mer.
Le souvenir émeut, ranime le sourire :
En toi, c'est le bonheur, la joie et le délire :
    Derniers crépuscules d'hiver.

La gloire t'accompagne au bout de ta carrière.
Comme la douce voix que murmurent les eaux,
Pour toi monte vers Dieu l'innocente prière
    De tes petits enfants si beaux.
On t'adore, grand'mère, on t'aime avec tendresse ;
    Tout est sourire à ta vieillesse,
    Tout honneur à tes cheveux blancs !
Dans ses jardins pour toi Dieu cultive une palme ;
Sa feuille, toujours verte, en un monde plus calme
    Rajeunira tes doigts tremblants.

LA TENTATION

Par un riant matin d'automne,
Seul devant sa table, un enfant
Dans des livres savants moissonne
L'épi qui mûrit abondant.
Près de lui son bon ange veille
Et lui dit tout bas à l'oreille,
En le berçant d'un doux espoir :
« Petit enfant, fais ton devoir. »

Mais voici que par la fenêtre
Entre un doux rayon de soleil,
Qui jusqu'à l'écolier pénètre
Et dit, baisant son front vermeil :
— Ami, que l'amour nous rassemble ;
Allons jouer, jouer ensemble.
— L'enfant répond sans s'émouvoir :
« Laisse-moi finir mon devoir. »

Sur la vitre agitant son aile,
Un oiseau s'ébat tout joyeux.
— Le ciel est bleu, la fleur si belle,
Lui dit le petit curieux.
Viens, que la forêt nous rassemble ;
Allons chanter, chanter ensemble ».
— L'enfant répond sans s'émouvoir :
« Laisse-moi finir mon devoir. »

— Regarde, j'ai des pommes blanches.
Dit à son tour un vert pommier ;
Elles sont mûres à mes branches.
Accours les goûter le premier ;
Car, c'est pour toi, mon petit homme.
Viens cueillir, cueillir une pomme.
— L'enfant répond sans s'émouvoir :
« Laisse-moi finir mon devoir. »

Le devoir enfin se termine :
Adieu, livres ; adieu, cahier :
De bonheur son front s'illumine ;
Au jardin il court s'égayer.
Arbre, oiseau, soleil, tout l'accueille ;
Et l'enfant joue et chante et cueille.
Tandis que sur l'herbe il bondit,
Tout à son triomphe applaudit !

Bar-le-Duc — Typ. L. Philipona — 755